我的童年丢了

皮皮 著

人民文学出版社
PEOPLE'S LITERATURE PUBLISHING HOUSE

不想长大
准确地说，大量不想长大的理由。

我闻见春天湿土地的味道，
　　他们还在那棵树底下跳皮筋；我想
看看都有谁 ？　　　　　　—— 史铁生

回到儿时没有汽车
也没有很多行人的街道

回到温暖善良
唠唠叨叨的老太太身边

回到小木板凳
和泥土的旁边

回到童年
自己的身边

第一支歌

长到很多岁以后，莫名的东西多起来，可惜不奇妙。比如，心情突然就坏起来，没有缘由的。

那个雨天，坐在窗台上的六岁小姑娘，看着雨，看着雨中慌忙躲避的人们，一坐就是半个钟头，一个钟头，直到雨下完。

那时的雨啊，有时候下得真长。

她平静，安详，却不忧伤，就像阴暗的日子也没有含义一样。

一个和我现在一样老的女人，那时候对小姑娘的妈妈说，你的孩子看上去总是那么忧伤。

小姑娘的妈妈笑笑，没说什么，她相信命运，所以也相信人。

小姑娘也听见了，她还是老样子，坐在窗台前，或者站在大树边，看她能看见的一切。

许多年以后，她的心中才有了忧伤。她用哭泣和药片对付它们，不让忧伤把心撑得太满，让自己在必要的时候露出微笑，维持一切必须维持的。

她再也不坐在窗台前，她再也不坐在大树边，她只是常常想起从前的小姑娘，好像刚刚明白，那时候小姑娘心中有的是什么。

不是忧伤。因为那时，一切都还没有开始。

　　有很多寂寞的午后，只有老人和孩子滞留在院子里。

　　他看见我没有躲开，对我笑笑，像他二十年后该做的那样。

　　我拉着大人的手，也没有躲开，但没有笑，和今天一样。

　　那年他九岁，我十岁。

第三支歌

在那座白天也很黑的后楼梯上，

我闭着眼睛，

轻轻向上爬，

仿佛自己也在暗处。

和我一样的小孩儿都事先藏了起来，可我知道，
我马上就要抓到，他们当中的某一个。

第四支歌

　　我家住在一条长长走廊的尽头，二红是我最好的朋友。每次都是她在院子里等我出来，她害怕穿过那么长的走廊，静静的、黑黑的。

　　现在她要去我家告状，她说她希望我妈打我一顿。去吧，去啊！我高兴地对她说。

　　她绝望地看我一眼，隐进了走廊的黑暗中。我在阳光下等着她吓得大叫着跑出来。

　　我等了很久，那只总是在这时候走近我报信儿的猫也没出来，我担心二红跌倒了……

　　我奔进去，看见二红站在我家门口，背对着我家的门，接近她时，我能看见她猫一样发亮的眼睛。

　　二红，二红哟！

第五支歌

那些断断续续的、参差错落的胡同，每天我们都要走上一趟，二红在前，我在后。

那时没有电视，我们就看看他们在墙上写了什么。

"小营他姐和东风他哥哥睡觉了。"

二红用袖头儿把"他姐"和"他哥"擦掉，我们都笑了。因为小营和东风都是男的，是不能那样睡觉的。

那是我们美好的时光，即使有同性恋这回事，我们也不知道。

第六支歌

大爷是七级木匠。他不和邻居打招呼，下班回来进大院儿时，径直把自行车推进下房，然后把自己关进屋里，从不看邻居在干什么。

邻居背后说他是倔老头儿，他从不说邻居什么。

晚饭时，他要喝一两半白酒，然后他看《史记》，他最常说起的人物是司马迁。

他先喝第一口酒，然后先把未用的筷子插在酒盅里沾一下，然后他眯着眼睛看我，等我发出那声"哈"之后，他就笑笑，每次都说，辣吧，时间长了，你就不觉得辣了。

那年我四岁。

后来白酒就不辣了。

大爷的老婆是个瘸子，大爷每个星期都带她下饭馆儿。大爷不爱她，因为她对我说，你大爷这辈子就疼过一个人儿，那就是你。

现在我的生活中没有大爷了，我才慢慢明白，为什么他喜欢司马迁。

每个能按自己愿望生活的人首先有的应该是意志，勇气和其他的都是意志的派生物，就像大爷和大爷的邻居。

第七支歌

儿时的许多记忆都和味道有关。

晚饭时飘在头顶上的烧火的味道：开始好闻，是木头在燃烧；接着是煤的味道，我们就跑远了；慢慢的有了饭的味道，然后是菜的味道，我们就跑回来了……

只等着那声响亮的喊声：二红、大力，回家吃饭！

冬天没有味道了？

现在再也不下儿时那么厚的雪了，我的儿子都还没见过的厚厚的雪，它好像盖住了味道，这是谁说的?！

雪把灰尘压在了下面，我们因此闻到了纯洁的味道。在这纯洁中，如果过去的是一辆马车，马车上坐着干草和老农，那么雪就让我们闻到干草和老农的味道；过去的是一辆汽车，雪里就飘出汽油味儿，宋丫猛吸，因为汽油是她最喜欢的味道。我们跑着去告诉

她妈，说宋丫肚子里长虫了。她妈每次
都把我们赶走，她说：

"谁的肚子里没虫？！"

那时，汽车还是偶尔经过。即使我
们肚子里都有虫。

春天。

我们在大树旁边跳皮筋儿，地是湿
的，不下雨它就不泥泞。

春天的味道都是由地里升起来的，
让皮筋儿把它荡进我们的鼻子里，还有
记忆。

听说，那时，沥青还很缺乏。

夏天。

一个西红柿站在另一个西红柿上面，无数个西红
柿站在无数个西红柿上面，于是，我们旁边就有了西
红柿的小山。

在西红柿山上的不幸，是熟的软的小的西红柿给

挤破了，西红柿山上发出了真正的西红柿的味道。

　　没有经历那个时代的年轻人，请别说上面是一个没有意义的句子。今天的西红柿不再发出当年西红柿的味道。我买过太多的西红柿，进口的，甚至是绿色食品，都没有找到它当年的味道。

　　也许，我们该给今天的西红柿起一个另外的

名字，比如，"后西红柿"。

我们排了长长的队，为了买当年好闻的西红柿。当你排到第二名，看到他们还有不大不小的一堆，才知道什么叫"放心"，好像能听到心落回到原处的声响。

在回家的路上，我们都要吃一个，不是为了犒劳自己排了这么久的队，而是一种我们自己没有意识就形成的"规矩"。

带着同情和小心，把挤破的西红柿先吃了，仿佛它们在我的肚子里还能再生一次。希望再一次它被挤破之后，再被我买到，让我再把它放进我温暖的肚子里，让它再生一次，再生一次。

没有买到"破"西红柿的孩子，在自己的篮子里找一个小的，谁都没问过，这是为什么？

为什么我们要等到那一刻：篮子放到家里的地上，弟弟妹妹都冲上来抢了，我们才去抢那个大的，那个好的！

那是个有兄弟姐妹的年代。

秋天。

一直都是给我感受最多的季节。因为果实带来的丰富，还有落叶宣告的开花季节的结束。

我高兴的时候，是沉浸的。看见老太太们永远在买东西，白菜土豆已经包围了我们，她们又出发了，还要再去买雪里蕻，把它腌制成可以吃很久的咸菜，去买豆腐，把它冻成可以永久不化的"冰块"。

我们跟在后面，好像她们突然找到了很多钱，而且不反对我们分享这一幸福。好久以后，我们还保留着这样的印象：秋天是最富有的季节。

在秋天，我们玩得疯狂！玩春天夏天的游戏，同时，在我们的鞋垫儿下面放着只属于秋天的游戏：皮狗。

捡起落叶，撸掉叶子留下茎，把它放到鞋垫下面，越久越好。

再次把它们拿出来时，把茎子上最粗壮部分的稚嫩组织用指甲划掉，胸有成竹地走向别的孩子，用手指轻轻一点对方，他们就会拿出的同样东西。

这样就是皮狗。

两个人把各自的皮狗交叉后，用双手扯住自己的，然后用力拉，其中的一个是要断的。断裂的皮狗代表着主人的失败，没有断裂的却不表示主人的脚丫子很臭。

谁都知道，皮狗在鞋子里呆得越久越好，但我们中没有一个人有如此的耐心。因为谁都不知道，秋天什么时候就过去了。宁可让皮狗断裂在沙场上，也不能让它们失去比试的机会。

这就是我们的信条，为此而作的努力是把已经很臭很臭的脚丫子弄得更臭更臭。

那时，我们是聪明的，玩它个天翻地覆，决不等明天，尽管明天属于我们。

因为皮狗，记忆中的秋天的其他味道，很淡。

皮狗，是个有味道的游戏。

第八支歌

我们的邻居叫小脚老李太太。当然，她的脚是小的、小小的。小到她买不到鞋，她自己做鞋。

她的丈夫叫大木头，尽管他不是木匠，长得也不像大木头。

小脚老李太太经常骂我们，有时也想打我们，但总是打不着。

我们跟她的丈夫从来都不是一伙儿的，按理说不应该再去惹她生气。可惜，我们队伍的平均年龄太小了，没有一个人这么想过。

我们把她的小鞋从她的家里偷出来，挂到一个她够不到的地方，然后躲在暗处看她一跳一跳地踮着脚去够鞋，好像摘苹果的小姑娘。

她没有孩子，所以给别人照看一个两岁左右的孩子。有一天，孩子的爸爸对她说：

"大娘，你能不能让孩子白天少睡一点儿？"

"为什么？"小脚老李太太反问，"孩子多睡觉才能胖。"

"可孩子总是半夜三更就醒，醒了她就扒我的眼睛。"

我们中的一个人得到了这个情报。接下来的几天里，在老太太哄孩子睡觉的时候，我们躲到了窗下。

小脚老李太太抱起孩子，孩子哭闹着不要睡觉。老太太先在孩子的屁股上打两下，孩子还是哭闹。

老太太在自己的手心上吹了一口气儿，然后开始抚摸孩子的头顶。一下，一下，又一下；孩子不再哭了，但还是不想睡觉。老太太开始抚摸孩子的脸蛋儿和耳朵后面，一下，一下，又一下……

孩子睡着了。

好神啊！

我们这些看傻了眼的大一点的孩子，你看我，我看你，都觉得能用老李太太的方法把对方弄睡。

我们突然开始了，无论如何想实现这种可能。

你摸我，我摸你，可是谁也不让对方摸，大家闹成一团。老李太太冲了出来：

"你们这些小鬼儿，想把孩子吵醒吗？！"

"那孩子的爸爸不让她睡那么多觉，你没听见吗？"我们理直气壮。

"狗拿耗子，多管闲事，看孩子的是你们还是我？！"

这不是第一次，我们从她那里临时败下阵来。总是在这之后，我们坐到一起，提出各种跟小脚老李太太有关的问题，然后制定下一步有可能取胜的方案。

她挺厉害的，为什么挨大木头的打？

大木头比小脚更厉害。

小脚不能在大木头想打她的时候把他弄睡？为什么不能？

仿佛，小脚老李太太，是一个能把全人类都弄睡的人。

我们把小脚老李太太弄睡怎么样？！

听说，她已经去世了。

留在我们记忆中的还不是她哄孩子睡觉，施弄魔法，是另外一件事。

那还是"文革"期间，至少在我们东北是这样的：人，分成几个派别，你家"辽革站"的，她家"八三一"的，有时，一家的爸爸妈妈也不是一个派的。

有一天，院子里的人忽然紧张了，说有人要来报复"辽联派"的。小脚老李太太的老头是辽联的，但他不在家。邻居告诉老李太太：

"小心一点儿，关好门窗，谁知道他们能做出什么事来，你丈夫不在家，知道吗？"

小脚老李太太关好了门窗，但没有躲起来，就像她知道，什么事如果它必须发生，是躲不过去的。她拿出自己家里的扎枪，站到自己家的门口，把自己家的扎枪往地上一戳：

"今天我豁出去了，我看他们谁敢来试试！"

就这样，小脚老李太太和一杆比她还高的扎枪留在了我们的记忆里，飒爽英姿！

第九支歌

一个胖胖的小姑娘，永远站在边上，树的旁边，别的玩耍的孩子的旁边。

如果有一两次，她被邀请一起玩儿，刚玩起来她就会被呵斥：

"你怎么这么笨！"

他们说不出别的。

她胖，所以笨。有时，她自己这么想。

二红跟她玩的时候，她就什么都不想了，好好玩那些玩具。她有好多玩具。她不去幼儿园。她也不曾怀疑过，她是不是因此才这么笨。

除了二红，别的孩子也玩儿她的玩具时，才热情地跟她说话，假装她是最厉害的那个家伙；即使她犯了错，他们也不呵斥她。

她在这样的时候，尽量不犯错，尽量让自己不那

么笨，那时候她已经懂得珍惜。

如果人不能用钱买来一切，那么这个笨小孩儿也不能用玩具换来一切。在大家玩沙坑的那天，她不再迷信她的玩具，也不再指望玩具带给她好运。

她站在他们后面，他们在沙堆旁围成了一圈，把沙堆堆成城堡，在挖城堡的暗道。如果成功，她们就可以在"暗道"的里面，勾勾手指头。

她请求加入。

先是没人理她。

她再次请求。一个叫小亮的说：

"不行。"

"为什么？"她问。

"因为你没有铲子。"

她回去把撮煤用的小铲子拿来了。

"现在我有铲子了。"

"那也不行。"小亮说。

她胖胖的平静的小脸，好像在一张照片里，谁也看不出变化。

"带我一个！"她的口气里很绝望。

"不带，你太笨！"

小亮的口气对所有的笨蛋都适用。

她用小铲子在小亮的后脑勺上狠狠地打了两下。

小男孩儿脸朝下趴在沙堆上，过了几秒钟，才抬起头，大哭。

在他大哭前，宋丫轻声地说：

"他死了，被打死了。"

那以后，小亮一直在哭：哭着回家，哭着跟她姥姥一起去笨蛋家告状，哭着跟小凶手的家长去医院……

她一直攥着小铲子，居然没被发现。大家都忙着给大哭的小亮擦眼泪，仿佛，最担心的就是，这个世界上最聪明的小亮马上也要变成傻子了。

后脑勺挨了两下的小亮去了医院，得到了好多罐头和糖，让别的孩子很羡慕，都很遗憾挨了两下的不是自己。宋丫是例外。她说，她决不为了吃罐头就愿意挨打。她说，小亮差一点被打死。现在吃到罐头了，但是脑子肯定不好使了。

很快，他们管小亮叫二傻子。

二傻子的意思，我今天想，可能表示他还没成为够格的傻子。

小铲子在一段时间里为我打开了"局面"，甚至成为了我的标志。但是他们仍然不喜欢跟我玩儿，只是拒绝得友好了些。

今天，他们也许不会再把我当成笨蛋。如果他们真的这么看，他们就是笨蛋。

因为今天，我并没有变得比儿时聪明，一点也没有。

第十支歌

在那时的很多个星期天里，我和大娘大爷一起出门。我们去下饭馆儿。

大爷走在前面，一个严肃没有笑容的人。他总是穿得整整齐齐，干干净净，看上去像个学者，可他是个木匠。

他总是在看历史，在我看来他就是个学者，因为他看历史不是为了评职称。

我想念他，像思念张奶一样。再也没人像他那么疼爱我，宽容我。

大娘和我走在后面。大娘的一条腿是瘸的，所以我们总是走在大爷的后面。

大娘是个倒霉的女人，在她还年轻还好看的时候踩上了一块葱皮，跌倒了，腿断了……

我走在大娘的旁边，梳着两条紧紧的硬硬的半长不长的辫子，中分，没有刘海儿。大娘给我梳头时总是要蘸水的。

她说，只有蘸水才能把辫子梳得整齐，像绳子一样结实。

如果我们向北走，那就是去一个叫"三合盛"的包子铺。

如果我们向南走，那就是去一个叫"开封灌汤包"的包子铺。

我们喜欢吃包子，还要再点两个炒菜。

不管在哪儿，排队是那年月里的常事。

进了饭店，大爷排队买票儿，大娘排队买包子。我们等在别人的饭桌前，等他们吃完他们的包子，等他们一站起来，就一屁股坐上去，把空出来的位置占上。

经过那么长时间的等待，摆在桌上的包子和菜会变成全地球最美的美味！我总是吃得太快，吃完以后听见大爷批评我，忘记了品味儿。可以，这不妨碍我脸上露出吃饱吃好后的笑容……

那是跟哲学跟深刻没关系的笑容，看上去还可能

有点痴呆，但却临近了某些关于存在的本质。你不能说，你吃故你在；但你也不能说，你不吃故你在。

我妈妈说，人死的时候，什么都带不走，除了肚子。

吃，很复杂。

那时的包子，依然是我记忆中的美味，因为那时，每个人每个月三两油，三两肉。

今天，我依然是饕餮者，但不贪婪，也不凶恶，只符合饕餮概念中贪吃的那种解释。区别是越吃越不满意，因为丰盛，还有化肥。

这都是我五岁到七岁里发生的事情！

第十一支歌

大爷不是个宽容的人，虽然他对我宽容，但他把一切原则都弄清楚。

比如他和我爸爸挣钱一样多，他的老婆是家庭妇女，除了照看我每月挣十五块钱，没有别的收入。而我妈妈不是家庭妇女，她挣的钱比照看我的钱多，所以她不照看我，去上班。

大爷从不管任何人借钱，还能存钱，我们还能去下饭馆儿。

我爸爸和妈妈有时要借钱，尽管我们很少去下饭馆儿。

大爷说，不借给他们钱，因为没道理。

我爸认为妈妈把钱都花在塑料花儿和台布上了，而那些东西是我们永远不需要的。大爷不再评论什么，但我知道，他心里想的是，尽管买了那些没用的东西，我的爸爸妈妈还是应该有钱的。

可他们永远没钱，他们因此吵架。

他们让大爷给他们评理。

爸爸认为，那些破塑料花那么贵，不能吃光能看，有什么用？！还有，桌子上不蒙台布我们也能活，也许会活得更好。

可妈妈认为，爸爸什么都不懂。

爸爸说，邻居家八十块钱，三个孩子，还能存钱。

妈妈说，那你跟他们家过日子吧。

大爷没批评妈妈，尽管他从不买花儿什么的，真的或者塑料的都不买。

我问大爷，妈妈花钱买塑料花是对的吗？我还记得大爷对我说，女人的事哪有什么对不对的，她们就是喜欢那些没用的东西，因为她们是女人。我又问他，那大娘为什么不买塑料花？

大爷说，女人和女人不一样。

后来我也不管这些事了，爸爸妈妈有钱没钱，好像是一件离我很远的事。有时大爷有空，他领我去公园看真花，对我来说，就够了。

一个小孩儿还能要求什么呐？！

第十二支歌

刘大爷是邻居。个子高高的，有很多儿女，六个还是七个，我记不清了。我妈妈说他很傻，快四十岁才生第一个孩子，居然生了这么多。

刘大爷跟每个孩子说话的表情都一样，就是生气。即使没有理由，他也生气。没人能理解他为什么那么多孩子，还那么生气。

刘大爷跟孩子说的话也差不多，就是先骂人。

跟老大，他爱说，又是什么事？傻乎乎的。

跟老二，他爱说，又打架了？早晚你得送命！

老三，老四，老五都是女儿，他爱说，丫头片子，赔钱货！

老六还是老七，记不得了，反正最小的是个儿子，是刘大爷最喜欢的一个，这个儿子刚会说话时，刘大爷的头发都白透了。他老爱对儿子说，你这狗东西啊，等你长大了，我也该死了，白疼你了。

没人知道刘大爷为什么总是没笑脸儿。晚上他在一个仓库打更，白天回家喝酒。他的脸总是红红的，可是不笑。

有一次，他笑了，因为少见，我们都记得。

他把一封信投进了街边上的绿色箱子里，可他却一直没有得到回信。他等这回信等得不耐烦了，去问上学的女儿，怎么回事儿？

他女儿告诉他，那绿色的箱子不是邮筒，是垃圾箱。

刘大爷笑了，笑得很响亮。他说：

"这真他娘的有意思了！"

第十三支歌

记得在我很小的时候，城里的有轨电车就没有了。

只坐过几次有轨电车，我很喜欢。可它们消失了，我也不是很难过，因为还有无轨电车。

有轨电车和无轨电车，我很喜欢。对我来说，它们是交通工具中我的最爱。现在，有几座城市里仍然有有轨电车，即使我不常去那里，想一想也高兴，好像它们是你生活幸福的一个保障。

上学以前，我除了跟大爷大娘去下饭馆儿，让我高兴的事情还有，星期天"磨"大爷，让他带我去坐无轨电车。

我"磨"的方法有很多，常见的有：在大爷的腿前挡着他，他走路就得碰着我，所以他走不快。他把我推开，我就再跑回去，挡着他，让他什么也干不成。

如果他不走路，坐在那里看书，我就蹲到书的下面，偶尔捅一下书，让他看不成书。

如果他去做木匠活……他在家里有个小空……房间，休息日里他给别人做点小家具。他做得奇慢无比，但托他做活的人一看见他做出来的活儿，就都不抱怨了，都说，没见过这么好的木工活儿。

而我从来就只看见过这么好的木工活儿，所以感慨就来得很晚，当我看见太多那么不好的木工活儿才知道大爷的木工活有多好。

带我去坐电车吧。我再一次请求他。

上个礼拜不是坐过了嘛！电车不用每个礼拜都坐的，他说。

我是了解大爷的，连续请求对他来说是无效的下策。所以，在他做木工活儿的时候，我就跟在旁边。他说，把刨子递给大爷，我就把他要的刨子拿开。他叹口气，然后自己去把刨子取过来。

我知道下一次他不会再让我把任何东西递给他，但我还是等在那里。经常跟他在一起干活儿，不用他说，我也能看出来，下一步，他需要什么工具。

他刨完后。我知道，他该用铅笔和尺子，在那块木头上画出来抠榫眼儿的地方。这是我无能为力的，铅笔在他耳朵上，尺子在他工作服的上衣兜里。

我等着。他总得结束这道工序。然后我就拿起锤子和铳子，跑到门口。我知道大爷不会过来抢我手里的东西，这是我为坐无轨电车使用的最后一张牌，大爷说过，铳子是很锋利的刀子，小孩子拿着它跑是很危险的。所以，我只要做出跑的姿势就行了……

大爷脱了工作服，把耳朵上的铅笔扔到地上的刨花堆里。这也是他生气的标志，因为，下次他用铅笔的时候，得在刨花堆里找半天。

他说，你这个孩子真是闹啊。

这句表示同意的话，每次略有不同。不管他说什么，都让我心花怒放。我是孩子什么都行的，只要能去坐无轨电车。

大爷领着我骄傲地走出去，经过院子里的邻居们，大家说，看看，这爷俩儿又出去坐车了。大爷笑笑，好像坐车是他的主意。

邻居们都知道，我们三个人一起出去，是去下饭馆儿；只有我和大爷出去是去坐无轨电车。

我们上车的地方叫北六马路，差不多在两头儿终点的中间。上车前，大爷问我的选择，向南还是向北。

向南，就是坐到南边的终点沙山；向北，就是坐到北边的终点北陵公园。不管向南还是向北，去的路上都很难找到座位。

我的全部乐趣在于回来！第一个在终点上车，从后门上，然后跳上最后一排的长椅，跪到上面，电车巨大的后窗就这样展现在我的眼前。从那里望出去，大街还是原来的大街，两边的大树还是原来的大树。一旦车子开动了，就完全不一样了。好像那电车是一根系在我腰间的绳子，拉着我后退，后退……

大街也跟着后退后退，最后缩到一个点上。还有房子，还有树，我不向它们招手，却像跟它们告别。

车停下的时候，我的世界马上恢复了。但我可以期待，车还会再一次开起

来，让什么什么什么所有的，再变得不一样。

　　快到家的那一站，会让我的兴奋黯淡下来。好心的大爷，常常会给我一个惊喜，他说，坐到终点吧，然后再坐回来，说完他就去补票了。

　　一个真正的从南到北，从我的南边到我的北边，从我的沙山到我的北陵。那是一条笔直的大街，从不拐弯儿。

　　多年后，我听见崔健唱歌。他唱的其中一句是，我要从南走到北，我还要从东走到西，我要……

　　现在哪里是我的南，哪里又是我的北？

这心情酸酸的涩涩的，不能再跪到电车的后座上，不能再拉着大爷的手，没人再为你补票了，没有了。

第十四支歌

　　那无疑是很残酷的事情，三十多年过去后，我在想起它们时，仿佛只能这么说说。

　　三十多年前的那辆绿色的卡车突然停在了我们跟前，让现在的我们无法回忆，我们当时玩儿的是什么游戏。

　　接下来发生的事定住了我们，除了呼吸，我们一动不动。

　　小华的爸爸被卡车上的人拉出来，在我们的眼前，他们把他装进了麻袋，好像他是一块石头。

　　然后他们把他扔上卡车，好像他是一块已经装进麻袋的石头。石头很沉，发出闷闷的声音。

　　过了好久。我们才想起来看我们身边的小华。

　　她也变成了另一块石头。

第十五支歌

用了多长时间，没人记得了，我们习惯了把爸爸们装进麻袋的方法。

在麻袋被扔上车的时候，我们浑身发冷，但是脸上有了表情，常常是皱着苦眉。

许多年后，我有几次从这样的梦里醒来，伴随着麻袋落到卡车上的声音。可我还是搞不懂，那时候的我们，五六岁的我们，为什么没有发出像电影里那样的叫喊。

它影响了我很多方面，比如，什么是更真实的。

第十六支歌

　　你说，那孩子在家的时候，喜欢坐在窗前，有时一个小时，有时两个小时。

　　你说，不是因为窗台是宽宽的，也不是因为窗玻璃是大大的。

　　你说，这都是那孩子自己的事。

　　那孩子是我，你是那大娘。在你快老的时候，在我还小的时候，我们有过共同的岁月。

　　现在的不同是，你死了，我还活着。我常常想起你。

　　我得说，我真喜欢坐在那宽宽的窗台前，把脸贴在那块大大的玻璃上，它是我这辈子见过的最大的一块窗玻璃——不算那些高楼大厦的，没人住在那里，那里不是家。

我还记得那条街又宽又大，却没有很多汽车，因为那时，我们还穷，还买不起汽车。我不在乎是不是有很多汽车过去过来，我喜欢看人走来走去。

我总是在看阿姨们。那时我已经知道，将来我也要成为一个阿姨，一个女人。我能看出，她们好看的和不好看的，心里告诉自己，以后要变成那些好看的。

在没有女人经过的时候，我就看街边玩耍的孩子，想象着自己有一天也能随着皮筋儿跳那么高，就像邻居宋丫刚才跳过的那样，那是梦想不被打扰的年代，虽然没有这么多汽车。

第十七支歌

那是一个普通的晚上，我家的玻璃被一个玻璃球打出一个洞。

是谁干的？即使认真地问了，也不想追究。一个洞，那么多计划生育生出来的孩子，把我们变得多多少少宽容些，对自己，对别人。

第二个普通的晚上，又是一个同样的洞。

一连四天。

父母也急了，出门嚷嚷，好像干这件事的人听见就会自己站出来，赔上四块玻璃，再说声道歉。

我有些失望。

我有些着急。

我去找小杨，小杨和我去找大树。

找到大树，我求他说，大树哥，你帮我查出来，是谁干的，我给你两盒"大生产"。

大树没说话。

我看小杨。小杨说，大树，你就帮她查一下吧，别那么牛皮！只有小杨敢这样跟所有的小伙子说话，因为他们都怕小杨的爸爸。

这个晚上，在玻璃又要被打出洞的时候，大树来了。他后面跟着赵家的小闷子。

是他干的。大树说。从今天开始，他不干了，玻璃你家自己上上吧，烟我不要了，让你爸爸多抽两盒吧。

我们都点头，然后就散去了。

赵家是全院最穷的，因为孩子最多。

过了一段时间，我突然有了疑问，于是我问了小闷子：

"你为什么打我们家玻璃？"

他不回答。我就追问。他跑开了。我就追他。他比我小。我抓到他了。

他看着我，还是不说。我说，你说吧——

他说："有一次，你说，我们家臭。"

又开学了。我请求买两支最贵的带橡皮的铅笔：它们是六棱的，有各种颜色，红的绿的橙红的等等，分割各面的是黑色的棱线。样子是一个方面，另一个也很重要的方面是它好用，写字肉和，削铅笔的时候还不爱断。它比中华铅笔贵几分钱。

我把它们偷偷放到了赵家的屋子里。他们家不锁门，无论有人没人。

当我第一次看见小闷子用它在院子里写作业的时候，心里忽然松了下来，好像又把一件东西从心里拿了出去。

第十八支歌

张奶。

她不是我奶奶，她是小丽萍的奶奶。

如果在我的记忆里还活着一个奶奶，那就是她，小丽萍的奶奶，我叫她张奶。

张奶已经死了，在十多年前的一个春天里。

我自己亲奶奶也死了。上帝把每个死去的人，在坟墓前变成一样的，可我们在记忆中却留着他们的不同。

张奶头几年还常出现在我的梦境里，现在不来了。也许她死得太久了，路途变得遥远。而张奶是个安静的人，如果不用买菜，不用做饭，她总是安静地坐在窗前……

我们在她面前的大炕上玩我们的游戏，她的孙女小丽萍有时在，有时不在，对张奶来说，我们都是可

以在她家玩儿的孩子。

张奶经常给我们家买菜，因为我妈妈要上班。她每次都是对我妈妈说，两份儿，你先挑吧。

妈妈从不挑选，差不多是闭着眼睛拿一份儿。

妈妈常说，像张奶这么好的人，不多了。

一个下大雨的傍晚，我站在自己家门前的雨篷下，等着妈妈或者爸爸回来，我没有钥匙进门。除了这个晚上，我都是在张奶家一边玩儿一边等的。这个晚上，张奶家的门口插上了。

我站在大雨的外面，满眼泪水。

我知道张奶家的门不是必须为我敞开，可我不知道这个晚上，为什么它插上了？为什么我进不去了？我不是必须进去，可我进不去了。这些都是为什么啊，张奶？

雨还在下着，越下越大。我的泪水也也越来越多。我几乎对迟归的父母生出恨意，我甚至想好了，几天不跟他们说话，以示惩罚。

这时，张奶披着一件衣服，来到我跟前，拉起我……

我又在她家里了，在傍晚格外温暖的灯光下！

张奶给我擦泪，却不问我为什么哭。她给我一个热馒头，我哭得更厉害了，她就给我擦泪。张奶不问，泪水从哪里来。我哭啊，哭啊，慢慢地心里平缓了，委屈离开了眼泪。

可她的老头张爷对我说，哭什么？都多大了，都上了学，还哭？！

他说完我就不哭了。我突然就认定是他把我关在门外的。

只要张奶不把我关在她的门外，尽管我不是她的孙女，就没什么好担心的；只要相信张奶会给一个小孩儿打开家门，我就能对付一切；只要张奶不走出我的记忆，对这个时候一点不美丽的世界，我会得到最后的把持……尽管张奶死了，尽管！

张奶喜欢坐在窗前的阳光里打瞌睡。醒着的时候，她喜欢默默地坐着。她不轻易说别人的坏话，我相信她。她说什么人不是好人，我就恨他。当邻居被疯子弄得很烦时，张奶同情的是疯子。疯子到处打人，或者作出打人状，张奶却能用瘦削的手臂拦住他。

在我们都必须搬迁的时候，张奶不愿意离开。也许她知道，离开这间小破屋子，她就得彻底离开了。

搬迁后没多久，张奶就去世了。

在那以前，我和张奶照了一张照片。我现在还留着，却不敢拿出来看看。我知道我想写张奶，却久久动不了笔。

今天，我下决心写出全部关于张奶的回忆。写到这里，却改变了主意！

我可能更愿意一个人保留这些不合时宜的记忆。每次都带着想念隐进回忆，离开时泪流满面。

我仍然不知道为什么，张奶是我最思念的人。可我知道，张奶是我死去的亲人、朋友中，最亲近的一个。

张奶，缠过脚，又放了，瘦瘦的，个子也很矮，长脸儿，有皱纹，梳着发髻，从我看见她以后，她从没换过发型。

第十九支歌

有一天，老肥从二楼掉下来了。据说，他落在地上时，没哭也没说什么，想了想，又从楼梯爬上了二楼。

那以后，有很多人摸他的脑袋，都觉得他的脑袋比往日大了。他笑眯眯地看着摸他脑袋的人。于是，就有人说，这孩子傻了，摔傻了。

再后来，那些摸过老肥脑袋的人，而且坚持认为老肥摔傻了的人，听说老肥发财了，想了想之后，总结性地发表了关于老肥的最后看法：

傻人有傻福。

第二十支歌

　　他是一个男人，我们的邻居。他平时不说话，所以大家叫他哑巴。尽管有时他说，去你妈。

　　大家说，光会说去你妈的人，还是哑巴。

　　有一天，他穿着网眼儿的内裤，跑出屋子，没穿别的衣服，在院子里跑了两圈儿。一边跑，一边说，去你妈，去你妈。

　　很多人都看见了。当哑巴穿上衣服后，大家还在讨论他光穿网眼儿内裤的时光，依旧叫他哑巴，不叫他疯子。

　　我觉得很奇怪的事情还有别的，比如，哑巴网眼儿内裤兜住的是什么呢，看上去沉沉的，是在别人那里我们从没发现的。

　　哑巴很聪明。听说，他在院子里跑来跑去的那天，是专政队的人到了他家，他们怀疑哑巴写了反动标语。

哑巴用行动证实了自己不是哑巴，而是疯子。我估计哑巴骗过了专政队，那以后看见他，他都穿长裤。

可是，当我们没什么好玩的时候，当我们也无聊的时候，我们就说上几句，那哑巴的网眼儿内裤，然后再笑上一大阵子，然后你捅我一下，我打你一巴掌，直到最后，其中的两个人真的打起来……

第二十一支歌

　　在我还小的时候，你们已经老了。

　　那时候大爷没有休闲装，总穿着一种样式的衣服，人就显老，也许是这样。

　　那时候大娘总抹一种雪花膏，像今天的散白酒，要去商店里一两一两地打。售货员把雪花膏用一个小竹板从一个大瓶子里抠出来，再平平地抹进一个塑料碗儿里，这就是一两。一两够了。再把它从塑料碗儿抹到大娘的雪花膏瓶子里。大娘总是把粘在瓶子口上的雪花膏擦到我脸上，就像她在做饭时，把粘到手上的东西擦到破抹布上那样。但是我高兴，一路上风总是让我闻到雪花膏的味道。我心里羡慕那被卖掉的雪花膏，它从大瓶子出来进塑料碗儿又进大娘的小瓶子，对它来说，可是去了不少地方。就像我去了南站又去了北陵公园中间还拐了一趟太原街。

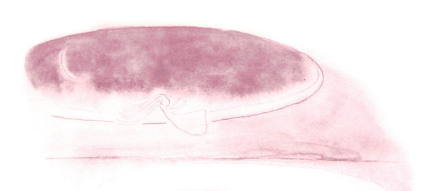

　　可惜，总抹这一种雪花膏的大娘就显老，可能就是这样。

　　现在，我也快老了，听说你们都死了，不在了。

　　可我不相信。

　　我找过你们，但没有找到。过去的地址仿佛不存在了，也许地址死了，你们却活着。在我小的时候，你们并不真的老，只是看上去显老，都是衣服和化妆品的责任。

　　从我们分开，我就常常想起你们。慢慢地，我们相互离开得很遥远，过去的事情变得很清晰。你们也一定记得我，可我却不再能让你们生气；我总是想起你们，大娘的唠叨却不再烦我……

　　记忆好像变软了。

　　有时候，我们都这样活着，好像活在一缕微风里……

第二十二支歌

后来我听说，许多人都做过这个相同的梦，这个是我做得最久的梦……

我梦见自己从高处落下……

开始时害怕，怕直接摔下去。如果不落到一个树杈上，如果不落到一堆树叶上，就会摔得很疼，也许会摔坏……

接着，发现自己在降落中，轻盈，自由，像鸟在飞……

这些梦的结尾总是很模糊，不是我记不清楚了，就是我从来没记得。最后，那个飘在空中的小人儿怎么样了？落下去了？落倒什么地方了？

都变成了"悬念"……

小时侯，大人说，做这些梦的时侯，你在长大。

今天，我明白，他们说的是长高。长高以后，我不再做这些梦了。

可惜，在我回忆这些梦境的时侯，依旧不能肯定，长高的我，是否也长大了。

长大了又有什么意义？

这是仅有的，很少很少的梦境，现在我还记得起来，还愿意回忆！

第二十三支歌

　　她是邻居家来的小客人，她的爸爸妈妈跟邻居家的大人喝酒，她就跑出来跟每天都在院子里的东东玩上了。看上去她是一个聪明伶俐的小姑娘。

　　大人管东东叫"长在院子里的东东"。

　　他们玩得很好，就像所有孩子刚开始玩的时候一样。

　　渐渐地，他们就有了麻烦。

　　最后，他们像一对小斗鸡一样面对面站着，吵架。

　　东东：去你妈。

　　小姑娘：去你爸。

　　我站在窗户后面，笑弯了腰，想把这个小故事讲给我孩子的爸爸听，可我找不到他。

　　他在哪儿呢？我总是找不到他。

第二十四支歌

　　人，能从后往前活吗？就是从老年往中年往青年往童年活……能这样吗？

　　不能，是吗？在什么都变成可能的今天，这仍然是不可能的，那就算了吧，因为它是不可能的。

　　那我还可以这么想一想——对那些不可能的事，你也只能想想——想一想倒着活的理由。

　　从后往前活，可以越活越小，越活越纯洁，最后离开的时候也许会变成小鸟，飞离就行了。这样要好得多，大家不用为一具躺在冰凉台子上的躯体而难过，假意或者真心都不用。他们还可能羡慕死去的人，因为他们离开得毫不伤感。

　　从老年往回活，我们就不至于那么被动。出生时，你已经达到了自己智慧的顶峰，如果你依旧不能选择父母，你可以选择或者说可以判断，你要什么，不要什么。你出生的第一天，就可以把你未来的生活从头望到尾，你可以立刻做好准备，不会再有任何悬念任何未知打扰你、迷惑你，一切都将是结实而清楚的。你不喜欢这样吗？

从"结尾"到"开头"活，你可以活得懒懒洋洋，也可以活得从容不迫，还可以活得朝气蓬勃，我们有可能就是自己生活的主人。

现在，我们常常是自己生活的牺牲品。

算了，想一想之后，再说算了，尽管也没什么安慰，但比不想一想就算了，好一些，对我来说，稍好一些。

第二十五支歌

　　我曾经帮过很多人劝别人，当然常常是在书里，他们喜欢说，哭吧！如果你难过你就哭吧。

　　好像除了他们，大家都不会哭似的。

　　我相信，看这本书的人和写这本书的人都会哭，也哭过。同时发现，哭，越来越没用，所以渐渐地哭得少了。

　　我小的时候，据说，不常哭，但定时哭。半个月一次，或者一个月一次。每次都持续近一个小时，先是嚎啕，然后是正常的哭。在场可以管教我的人试过很多文武办法，凑效并不是很快，主要原因是他们战胜不了我的理由。

　　说好了领我去看电影，等了两三个小时，他们又说不去了，而且哄骗说，以后再去。对一个孩子来说，什么叫以后？

买了一个新枕头，我很喜欢，请求让我先用。他们答应了，可临睡觉时，又说我睡觉淌口水，怕弄脏了新枕头。

在阳光明媚的午后，我跟小朋友玩得正高兴，他们说我得洗头。这意味着洗完头天就黑了，我将一个人站在他们玩过皮筋儿、玩过口袋的院子里，什么也玩不了。晚上洗头会死人吗？

哭！

哭着把理由喊出来！

接着哭！

如果他们打我，就再把理由喊一遍！

那时候，只知道父母不公平，不知道世界更不公平。哭得震天动地，勇气十足，信心十足，即使不知道是不是该因此害怕，就是哭。

他们总结出来的对付我的办法是，先派一个人打我，或者说"佯打"，然后再派另一个人哄我。当我哭得没劲儿了，他们的办法也凑效了。

现在，我们知道了世界的多不公平！却不哭了！至少不为这个哭了！不认真哭了。

第二十六支歌

　　小时候看的苏联电影很多，留在脑子里的台词就那么几句。

　　"让列宁同志先走！"

　　"面包会有的！"

　　"瓦拉瓦拉瓦西里耶芙娜！"

　　"挺起胸膛向前走，前面是大道和沙洲。"

　　"世界革命万岁！"

　　"尼古拉大门也大开？"

第二十七支歌

三十多年前把脚淌进街边雨水中的感觉还活着。

下过大雨，有时是雨过天晴，冲出家门，街边上马路牙子积水了。一脚蹚进去，水还是温热的。抬高裤管儿，从头蹚到尾，再蹚回去，再蹚回来。

大家高喊着，叫你叫他，渐渐开始骂人。心里都觉得下雨真好，下完雨更好，但谁都说不出来，只知道玩啊玩啊。

玩，是我们那时候的某种表达。

当然下雪的时候，我们也玩儿。在每个季节里，我们都能收到老天送来的礼物。

我不想说，童年是我最后的安慰；但我担心，或迟或早的某一天，我得承认，童年是我生命中最美好的季节。

第二十八支歌

　　小学时，我们班有七个独生子女，尽管是六十年代末期，独生子女依然不多，就像现在诱人学飞机驾驶或者学跳伞那样，都是很少见的。

　　不知道从哪一天开始，同学们偷偷议论，认为他们应该互相搞对象。那时的议论方式很隐晦，私下里议论也一样，如果你偶尔听到了，也会以为这些孩子在分配学习小组，但是，假如你参加了议论，意思是很清楚的。

　　结果是多出一个男生。

　　他有些胖，有些胆小，有些沉默，好像是因这个才没被分配上。大家使劲儿说他坏话，似乎这样就能减轻没给他分配上的责任。

　　后来，这事被别的更有意思的事情代替了；再后来，那个孤单的独生子变成了一个"资本家"。可惜听不到同学的议论了，大家都失去了来往。但在我的想象中，当年说他坏话的同学很可能不再坚持原来的看法，反而会羡慕他，毕竟到了一个人人都想当"资本家"的年代。

孩子长大了，就"懂事"了。

第二十九支歌

我曾有过的几个问题：

很小的时候，无论我起多早，太阳都已经在那里了。阴天下雨是另一回事，为什么我不能比太阳更早一点起来？当我明白日出是怎么回事，这问题就自己羞涩地消失了。当我知道还有夸父追日那么回事时，我的童年也消失了。

当我能比太阳起得还早时，我的轻松和幸福也消失了。忙啊忙啊，慢慢出现了另一个问题：你所忙的事情真的都那么重要吗？

对此，我有很多回答，一半是肯定的，另一半是否定的，等于没有回答。

于是，我愿意找别的问题，以便回避那个还没有答案的问题，其中之一是：爱情怎么永恒？

可惜，仍然没有答案。

突然有一天，我醒过来，看到了希望。

如果儿时的问题，得长大以后才能得到回答；那么长大以后的问题，就得老了以后才有答案！

到那时，会不会都太晚了？

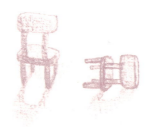

第三十支歌

如果是个好天儿，清晨的街道洒满阳光，就好像所有的人都起床了。偶尔有炊烟的味道传出来，喧闹的人声接连不断。

比小孩儿走得快的是大人；比大人快的是骑车的大人；比骑车还快的是汽车；那时候的汽车那么少，过去一辆，大家还是忍不住看一眼的。

从胡同里拐出来的是另一支去上学的小队伍，我们上的是"抗大小学"。除了一个小梅短发，我们都是两条或长或短的辫子。斜背书包，右手拎着一个大板凳，左手拎着一个小板凳，大家说说笑笑，好像那些板凳根本没有重量。

其实我们习惯了这重量，其实快到学校的时候，即使在冬天，头上也会渗出细汗。

到了教室，大家放好自己的两个板凳，一个当书桌，一个当椅子。然后按照值日表的安排，该扫地的扫地，该生炉子的生炉子。什么都不用干的，站在灰尘里，大声问别人：

"昨天买到香橡皮吗？"

香橡皮是我们儿时的一个新鲜事儿，就像现在的电子宠物。我们附近的一个商店因为卖香橡皮被挤坏了玻璃。他们必须关上铁栅栏，在铁栅栏的后面卖香橡皮。

那五颜六色的香橡皮发出甜甜的味道，闻了第一次，立刻想闻第二次。一个同学的妹妹禁不住诱惑吃了一小块儿，被送进医院。那以后的几天里，我们都在打探她的死期。听说，香橡皮有毒，所以才那么香。

终于没有发生因为香橡皮死人的事，我们也离开了抗大小学，进了正式的小学，有了固定的桌椅。但是没人慨叹，我们不用带板凳上学了。因为匮乏，大家都忽视着这样的变化，就像忽视裤子上的一块灰迹。

对舒服，没感觉、没要求的时候，很舒服。

第三十一支歌

老师走进教室，班长要喊：全体起立！

然后老师说：同学们好！我们说：老师好！

这是每天清晨，我们所有功课开始之前的功课。

班长是谁，我忘了，只记得他喊起立的声音很小，听见的同学站起来了，没听见的同学看见别人站起来之后才会站起来，总之，不整齐，教室里常常是乒乓响成一片。

老师不满意。

有一天，她让我喊起来。我还没想好，就响亮干脆利落地喊了一嗓子："全体起立！"

全班同学，唰！都站好了。

问过好之后，老师对我说，从今天起，你就是班长！

这是迄今为止得之最易的一个"官位"，也是最有实权的位置，领导五十来个人，即使都是小孩儿！

这也是我迄今为止干脆利落喊出的最嘹亮之音。按分贝衡量，有过更响的声音，但不干脆也不利落，比如绝望时，比如失态时，比如愤怒时，比如比如……常态下都是默默的，或者低分贝的。

　　生活之路是条下坡路。越走越静。

第三十二支歌

　　现在还让我不满意的童年往事，不是很多了。我们总是在忘记一些没按我们意愿发生的事情，为此感谢老天吧。

　　但是这件没忘。

　　那个照看我的大娘，每天给我梳头。因为妈妈要上班，因为我的头发很多，还很长，她没时间给我梳头。

　　如果我在家里洗脸了，到大娘家的时候，她就只给我梳头。但是！她蘸她洗过脸的香皂水给我梳头。她说，沾水才能把辫子辫紧，像绳子那样。她说，沾香皂水梳，头发还有香味儿。

　　估计，那时候我就不喜欢沾她的洗脸水梳头；估计，我也没表示过反对的意见；估计，那时候的小孩儿没自我，所以……但这都是估计。

现在我回忆这件事感情色彩稍有变化。有一天，我听一个男的说，他小的时候，他姥姥总是往手心儿吐唾沫，然后给他"抿"头形，尤其是他要去看亲戚，或者跟大人出门去离家远一点儿的广场什么的……

　　他说，姥姥没跟着一起来，离家也很远了，但还是感觉姥姥站在身后，而且张着嘴……用香皂的洗脸水和姥姥的唾沫，我还是觉得前者好些　，尽管后者更有人情味。

后　记

　　这不是我童年的故事，但我要把它写进来，不管你们说什么。因为，这个小片段让我丢脸，还让我心酸。

　　有一次，我坐在公共汽车上，人不多，我的座位是面向大家的，就像主席台上的坐位。外面肯定是好天气，不然我不会坐在公共汽车上干坐着什么都不读。下面我要写的这个小片段突然进了我脑海，接着，我笑出了声。像车上那些目光暗示的那样，我像傻子一样。

　　片段！

　　小男孩儿叫米奇。他常跟姐姐在一起。姐姐有了个男朋友，米奇不喜欢他。他给了米奇一块大硬糖，米奇放到嘴里后，立刻喜欢上了姐姐的男朋友。

　　米奇姐姐的男朋友为了显示点什么，所以拉手风琴。

　　米奇为了表示对手风琴的不满，就张大嘴巴。这样，嘴里的大硬糖就掉了出来，落到了尘土里。他哭着去捡，姐姐用脚踩住，不让他捡到。姐姐的男朋友又递给他一块大硬糖，被米奇挥手打掉了。

他说，他还要原来的那块大硬糖，因为他已经知道它是甜的！

我也想要原来的那块大硬糖，我的童年。现在我说，它也是甜的。

图书在版编目（CIP）数据

我的童年丢了 / 皮皮著. —— 北京：人民文学出版
社, 2020
ISBN 978-7-02-014554-6

Ⅰ.①我⋯ Ⅱ.①皮⋯ Ⅲ.①散文集 – 中国 – 当代
Ⅳ.①I267

中国版本图书馆CIP数据核字(2018)第189786号

责任编辑　　朱卫净　李　殷
装帧设计　　汪佳诗

出版发行　人民文学出版社
社　　址　北京市朝内大街166号
邮政编码　100705
网　　址　http://www.rw-cn.com

印　　制　上海利丰雅高印刷有限公司
经　　销　全国新华书店等

字　　数　40千字
开　　本　787×1092毫米　1/32
印　　张　3.125
版　　次　2020年1月北京第1版
印　　次　2020年1月第1次印刷

书　　号　978-7-02-014554-6
定　　价　38.00元